AF534637

Aikojen alku

FSC
www.fsc.org

Aikojen alku

Paavo Räisänen

Olen julkaissut aiemmin BoD:in kustantamana useita kirjoja.
Kirjailija sivuni: www.kirja-lakka.com

Kustantaja: BoD · Books on Demand,
Mannerheimintie 12 B, 00100 Helsinki, bod@bod.fi
Kirjapaino: Libri Plureos GmbH,
Friedensallee 273, 22763 Hampuri, Saksa
ISBN: 978-952-80-9554-5

1

ennenkuin ihminen varsinaisesti luotiin maan päälle ehkä 30 000 vuotta sitten.oli dinosaurusten aika.olen lukenut tästä ja sen ajan ihmisestä.enkelit tietävät siitä.ovat kertoneet.mutta he valehtelevat.nämä muinaiset tarut ovat siksi vaarallisia.tämä ihminen oli synnitön.Jumala tuhosi koko sen maailman.Aadam ja Eeva olivat silti ensimmäinen ihmispari.heidät oli ensin jo luotu Paratiisiin.Paratiisi säästyi siltä.kun tapahtui mullistus.missä sademetsät peittyivät maan alle.

ihminen luotiin maalle uudelleen n. 30 000 vuotta sitten.hän oli ensin synnitön.syntiinlankeemus ja Paratiisista karkoitus tapahtui ehkä 20 000 vuotta sitten.ne muinaiset ihmeelliset kaupungit.Jumala loi ne jo maailman alussa ihmisen asuinsijaksi valmiiksi.ihminen ei rakentanut niitä.tuli lankeemus kun tapahtui syntiinlankeemus.ihminen halusi tietää ja tutkia.seurasivat hirveät temppelit.vasta Jeesus ristillä lopullisesti hävitti ne.pahuus jäi elämään.

Raamattu kertoo:Aadamin lankeemus oli niin suuri.että kaikki maailman ihmiset tulivat siitä osallisiksi.saatana karkoitettiin enkeleineen maan päälle.käärme.mato.saatana oli saatana.jolta Jumala oli leikannut siivet.se lähti matelemaan Jumalaa karkuun maan päälle.se oli kuin ihminen.ei ihminen.miehetön.sai miehen.kun tappoi pojan homoteon jälkeen.

käärme.saatana söi pojan elävältä.se on hirvitys.Jeesus ristillä murskasi sen pään.se jäi silti elämään.pakeni pimeyteen.

Jeesuksen tuskat ristillä ja taistelu oli hirveä.ihmiset eivät nähneet mitä tapahtui.saatana enkelinä hyökkäsi koko ajan Jeesusta päin.yritti syödä Jeesuksen lihaa.sen iskut polttivat Jeesuksen ruumista hirvittävästi.mutta se ei kyennyt Jeesuksen synnittömään lihaan.Jeesus lopulta hajoitti sen pölyksi.mutta se on enkeli.kuolematon.se pakeni ja vaivaa ikuisesti ihmistä.

Elia kaatoi baalin alttarit.pelkkä papiston tuhoaminen ja käärmeen ulos ajaminen ei riittänyt.hän jätti profeetoilleen opin kaataa baalin opit.vallassa oli kuningas.joka oli ottanut puolisoksi kuningatar Isebelin.joka oli baalin palvoja ja joka vihastui.hänen takanaan oli pimeyden voimia.saatanan enkeli hyökkäsi ja ajoi Elian korpeen.

Jumala kertoo sen Raamatussa:ihminen on vain liha.mutta hänessä on henki ja elävä sielu.ihmisellä on enkeli.myös miehellä.on hirveä synti ottaa se enkeli.sillä ihminen on ihminen.enkeli voi toimia ihmisen kautta.ihminen on silti ihminen.papista Raamattu sanoo:"papin huulten pitää totuuden kätkemän.sillä hän on Herran Sebaotin enkeli."hän on ihminen.jonka kautta enkeli toimii.ihminen ei ole käärme.käärmeen ihmiselle tekee langennut enkeli.

he eivät halunneet montaa vaimoa.heidät pakotettiin ottamaan.Jaakob petettiin.

Salomolla oli rakas vaimo.morsian.josta hän kirjoitti Korkeaan Veisuun.naiset halusivat hänen puolisoikseen.hän otti säälistä.Jumala lupasi.

2

Kirjeeni.teille jotka jäitte jälkeeni

Olen profeetta Jeremias.odotan sellissä kuolemantuomioni toteutusta.Olin uskonut väärin.Minulla oli morsian.jota rakastin.Hän odottaa kuolemantuomionsa toteutusta viereisessä sellissä.Kirjoitin kirjaani ajasta.Jolloin saamme istuttaa puutarhoja ja mennä avioliittoon.Rakkaani kanssa olimme toisiimme koskematta odottaneet päivää.Tulivat väärät profeetat.He puhuivat kansalle rauhasta.Jumala oli kauttani puhutellut toisin.Kansa uskoi väärin profeettoihin.Vihasivat minua.Joka puhuttelin synnistä ja ennustin hävitystä.Petin maani antamalla sen viholliselle.Kuten Jumala oli minua käskenyt.Uskollinen palvelijani Barak saa vielä kerran käydä luonani.toimittaa teille tämän kirjeen.älkää uskoko vääriä rauhan saarnaajia.valehtelijoita he ovat.

Tiedän.ennustukseni toteutuu kerran.voi mennä vuosituhansia.en saa nähdä päivää.Jumala pitää.minkä on luvannut.

Minä.apostoli Johannes

Näitä kirjoitan minä, Johannes, opetuslapsi, jota Jeesus rakasti. Alan käydä jo vanhaksi, ja silmäni alkaa hämärtää. Kaikki muut opetuslapset ovat kuolleet vainojen kohteena marttyyrikuoleman. Herätys oli kuitenkin alkanut levitä. Työ ja kylväminen ei ollut ollut turhaa. Ei tietenkään, kun lähettäjä oli ollut itse Elämän Herra Jeesus. Kuitenkin myös vainot riehuivat ja minutkin oli ruoskittu monesti. Iloiten olimme ottaneet myös Kristuksen pilkan kannettavaksi, ja siitä tulevan kärsimyksen, muistellen Jeesuksen uhria. Helppoahan se ei aina ollut ollut, kun vainot olivat pahimmillaan, mutta Jumala oli antanut voimia niihinkin aikoihin ne kestää. Muistissani on hyvin Stefanus, joka valittiin ensimmäisten joukossa diakoniksi. Hän oli myös rohkea sananjulistaja, joka puhui Synagoga palveluksen muodollisuutta vastaan, kun papit elivät toisin kuin julistivat. Hänestä tuli ensimmäinen marttyyri, joka sai vielä tuomionsa hetkellä nähdä ihmeellisesti taivaat avoinna ja Jumalan valtaistuimen, ja rukoili vielä kuollessaan surmaajiensa puolesta.

Nyt oma loppuni jo lähenee voimieni ehtyessä. Muistoissani palaan takaisin vuosikymmenten taa, aikaan, kun Jeesus vielä eli.

Muistan vieläkin hyvin ensitapaamisen Jeesuksen kanssa, oli se niin vaikuttava tapahtuma. Olimme olleet kalassa koko yön

Genesaret järvellä, minä Simon Pietari ja veljeni Jakobin kanssa. Ilma oli ollut ihan tavallinen kalastussää, mutta vaikka koko yön pyysimme, emme saaneet kalaakaan. Kala ei ollut liikkunut, vaan oli ollut makoilemassa jossain selkävesillä syvänteissä. Rannalle päästyämme Jeesus ilmestyi sinne. Hän ei ollut nimenä meille ihan outo. Olimme jo kuulleet voimallisesta ihmeiden tekijästä ja opettajasta. Sanottiin myös, että profeetta Johannes Kastaja oli hänestä ennustanut.

Kansaa kerääntyi rannalle. Olimme pesemässä verkkoja, kun Jeesus pyysi meiltä venettä lainaksi. Lainasimme mielellämme. Veneestä käsin hän sitten opetti kansaa. Lopetettuaan hän kääntyi Simon Pietarin puoleen ja hänellä oli outo kehotus: heittää vielä verkot veteen. Neuvo tuntui käsittämättömältä. Olimme pyytäneet jo tyhjää ja paras aika kalastaakin alkoi olla ohi. Kokeneina kalamiehinä tiesimme, että saaliin saannin pitäisi olla mahdotonta. Mutta seurasimme kuitenkin kehotusta ihan kohteliaisuudesta. Silloin tapahtui ihme. Verkot täyttivät kaloista ja alkoivat repeillä. Avuksi tarvittiin toinenkin vene, ja kumpikin täyttyi kaloista niin, että ne meinasivat molemmat vajota. Olimme täysin hämillämme ihmeestä. Pietari jopa lankesi Jeesuksen jalkojen juureen, ja valitti syntisyyttään, sillä hän arvasi Jeesuksen Herraksi. Jeesus kuitenkin sanoi tekevänsä Pietarista ihmisten kalastajan. Hän kutsui meidät seuraajikseen, ja iloiten jätimme ajalliset tehtävämme ja lähdimme seuraamaan Jeesusta.

Olin sinä iltana istahtanut kotini pihalle ja kerrannut päivän tapahtumia ja miettinyt. Olin siis nyt kohdannut Messiaan.

Kyllä, hänen se täytyi olla. Rannoilla oli liikkunut tietoa ihmelapsesta jo pitkään. Sanottiin, että jo kun hänet ensimmäisen kerran vietiin temppeliin, vanha mies Simeon ja profetissa Hanna olivat hänestä ennustaneet. Ne olivat erottaneet hänet monista muista ihmeiden tekijöistä. Niitä nimittäin oli liikkeellä. Vääriä opettajia. Mutta Jeesuksesta oli myös muiden ihmeellisiä todistuksia. Nyt kun hänet ja hänen ihmetekonsa näki, täytyi uskoa. Joku merkillinen voima tässä miehessä oli. Suunnaton rauhallisuus ja tyyneys, samalla ääretön voimallisuus. Jotain, missä tunsi pyhän koskettavan.

Uskoin Jeesuksen Vapahtajaksi. Olin Jeesuksen rakkain opetuslapsi. Muistan, kun lepäsin Hänen rinnoillaan. Painoin pääni Hänen rintaansa ja kuuntelin sydänääniä sydämestä, josta pumppuava veri kerran vuodatettaisiin syntieni edestä. Jeesus oli puhunut kuolemastaan. Kuinka Hän antaa henkensä ihmisten syntien edestä. Meidän oli usein vaikea uskoa. Uskoimme Hänen olevan se, joka palauttaa Daavidin valtaistuimen. Että Hänen valitaan kuninkaaksi ja seuraa Israelin vapautus roomalaisista ja ihmeellinen rauhan aika. Ei käynyt niin. Tulivat vainot Jeesuksen kuoltua.

Muistan hetken kun lankesimme syntiin. Jeesus oli luvannut. Kaikki uskovaset saavat kerran istua taivaassa Hänen valtaistuimellaan. Se ei riittänyt meille. Hänen Opetuslapsilleen. Kysyimme, emmekö saa enempää kuin muut. Jeesus lupasi: saamme istua Israelin 12:sta sukukunnan päällä hallitsemassa. Ymmärsimme myöhemmin syntimme. saimme parannuksen sitä.

Toimin apostolina mm Paavalin kanssa. En koskaan koskenut naiseen. huoruus omassa lihassani oli ongelmani. Paavali oli tehnyt huorin ollessaan epäuskoinen. Olin Kristuksen tekemä mies. Paavali oli saanut uuden miehen Jumalalta. Paavalilla oli syntinsä. Hän pojitteli minua. Koska en ollut yhtynyt naiseen, kuten hän. Vaikka olimme työtovereina keski-ikäisiä miehiä.

Muistan Patmoksen. Näkyjäkö. Enkelit olivat todella läsnä. He kattoivat minulle juhla aterian. Näin todella pyhän savun. Enkelit koskettivat minua. Miten sain kirjeeni Patmoksesta esim. seitsemälle saarnaajalle. Enkelit toimittivat ne.

Lopetan nyt. Olen jo vanha. Ikäni on noin 80 vuotta. En kerro tarkkaa ikääni. Tulee aika.jolloin minun sanotaan eläneen huoruudessa.Historiani valehdellaan.Älkää uskoko vääriä opettajia.saatana tallentaa tietoa arkistoihin.Tulee kertomaan kirkkohistoriasta omia kertomuksiaan.

Testamenttini

Minä en saanut kertoa tätä teille Raamatussa.mutta monet uskovaiset eläissäni tiesivät tämän.Minulla.Paavalilla oli salainen morsian.emme koskeneet toisiimme.hän oli neitsyt.minä huorin tehnyt ollessani epäuskoinen.Kirjoitin.kuten Jumala tahtoi:"olisi parempi.että eläisitte kuten minä.ilman vaimoa."sanat ovat totta.mutta naimattomuus altistaa huorinteolle.sanoinkin:"parempi naida kuin palaa."Sillä Jumala loi avioliiton heti.kun oli luonut ihmisen.ei salli naimattomuuslupausta.en koskaan antanut sitä.jouduin elämään ilman vaimoa.koska esivalta uhkasi murhata minut ja koko Siionin.olosuhteet olivat mahdottomia perheen perustamiselle.minulla oli uskoni.keisari ja suuri osa esivallasta katui.uskoin:he voivat tehdä parannuksen ja saamme morsiameni kanssa avioliiton.oli saatana.joka oli pesiytynyt esivaltaan.heillä oli hirvittävät synnit.vihollinen valehteli heille:he eivät voi saada niitä anteeksi.suurin osa olisi voinut saada.puhuin pimeyden huorinteosta ja saatanan synnistä.niitä en kirjoittanut Raamattuun.ihmiset uskoivat tehneensä nämä synnit.vain harva oli todella tehnyt.

Lestadius

Nimeni on Lestadius. Jätän tämä kirjeen jälkeeni. Sillä tiedän: on tuleva aika, jolloin väärät opettajat nousevat. He julistavat armoa ja rakkautta, joka ei perustu Raamattuun. He tekevät Jeesuksesta naisellisen, kuten minustakin. minun sanotaan olleen poika. joka rakasti kukkien keräilyä. uskoin tekeväni arvokasta työtä, kun keräsin tietoa Lapin luonnosta ja olin työssäni mies. Tiesin olevani profeetta. Jumala oli kertonut sen minulle. En saanut kertoa sitä ihmisille. Vain vaimoni ja muutama lähin työtoverini tiesivät salaisuuden.

Minua painoi huorinteko vaimoni kanssa. Olimme rakastuneita jo lapsena. Nuorena lankesimme. Vaimoni onnistui viettelemään minut. Se oli hänellekin vahinko. Hän ei ollut suunnitellut sitä. Olimme kumpikin epäuskoisia. Vaimoni tuli raskaaksi. Olin paennut häntä. Huorintekomme oli sellainen, että tiesin: en voi ottaa häntä vaimokseni. Vaimoni tuli kuitenkin nöyrästi katuen luokseni. Sanoi odottavansa minulle lasta. Hän katui edessäni, Vakuutti että ei ole käärme. Otin hänet. Meidät vihittiin. Rakastimme syvästi toisiamme.

Minua sanottiin Pohjoisen Pasuunaksi. Huutavan ääni korvessa. Sekö olin. Ei en ollut ihan hän. Olin kuitenkin profeetta.

Aikani oli syntinen. Aika on aina ollut syntinen. Eivät porovarkaat olleet pahimmat. Vaikka usein puhuin heistä. Viina on kirous. Mutta juoppo on usein vain langennut syntinen. Puhuinkin rehellisistä varkaista, siveistä huorista, raittiista juomareista ja armon varkaista. Jumala näytti minulle ajan noin 150 vuoden kuluttua, jolloin he nousisivat. He olivat jo aikanani. He elivät iltaisin himossa ja hekumassa. Päivisin he kalkitsivat kasvonsa. Olivat siveitä ja kunniallisia. He tulivat kirkkoon kuulemaan saarnaani. Tuomitsivat minut. Siveästi ja kauniisti he istuivat hurskaina penkissä. Tunsin heidät. Heille oli myöhäistä saarnata. Juomarit kuuntelivat minua.

Julkaisin lehteä "Hulluinhuonelainen." Mistä lehden nimi. Tiesin saatanan levittävän hulluutta. Hän on aina sanonut niin profeetoista. Minäkin olin hänen uhrinsa. Tiesin: tulee aika, jolloin saatana nousee opillaan. Tekee hulluuden Jumalan sanasta. Taistelin tätä vastaan. Tein omistani hihhuleita. Kielsin himoitsemasta maallista. Tavoittelemaan taivaallisia aarteita. Heitä vangittiin ja puhujia piestiin.

3

kansa elää huoruudessa

riettaassa menossa

irstaisuudessa he palvovat jumaliaan pimeydessä

he ovat valinneet itselleen saarnaajat

jotka puhuvat heille

kaunistetuin sanoin

kuinka huoruus on rakkautta

juoppous sivistyneesti

jalo tapa viettää iltaa

rooman valtakunnan synti

"ei ole mitään uutta.

auringon alla"

nousevat väärät opettajat

he puhuvat rauhasta

kauniita ovat heidän sanansa

peittävät puhuttelun synnistä.

profeetta Jesaja

oli uskovainen kuningas

oliko aika hyvä

ei kansa uskonut Jesajaan

kapinoi kuningasta vastaan

oli baalin palvonta

vietteli kansaa

Hiskia kukisti miekalla baalin alttarit

pimeyteen karkasi lyöty vihollinen

nousi Jesajaa vastaan.

joka oli Sanan voimalla lyönyt vihollisen

surkea oli osa Jesajan

kirkko ei kuunnellut

ei kansa

murha oli jatkuva osa

Herran profeetan

Kuoleman enkeli

kokonansa musta

hänellä on verinen risti rinnallaan

musta miekka hohtavalla terällä kädessään

satu

ei kuoleman enkeliä ole olemassa

Jumalan kirkas enkeli

vartioi hautoja

Olivat haudat

joihin enkeli oli kirjoittanut viestin

ihminen ei kyennyt lukemaan niitä

he vain tiesivät

mikä oli loppu

väärän johtajan

Kristitty väärä profeetta

hän ei jaksanut uskoa anteeksiantoon

hänen harhaoppinsa oli liian syvä

antikristuksesta

oli tullut hänen Jeesuksensa

hänellä oli jo ollut

enkeleitä alaisinaan

enkelit olivat liha

langennut

voi sitä ihmistä

joka on ottanut enkelin

ihminen on liha

he kyllä sanovat olevansa enkeleitä

miksi he eivät näytä minulle siipiään

Jeesus on enkelien Herra

tuomitsee enkelin

joka kertoi olevansa

enkeli

oli ihminen

4

enkeli laulajan synty.nainen teki huorin miehen kanssa.joka sanoi olevansa enkeli.nainen ei uskonut.sanoi olevansa itse enkeli.mies antoi periksi.poistui paikalta.kumpikin olivat nyt enkeleitä.

Alussa oli Sana.Jumala oli se Sana.poika on syntynyt.ei luotu.Jumala loi ensin valkeuden.sen jälkeen kaiken näkyvän ja näkymättömän.

Aikojen alussa.kun mitään ei vielä oltu luotu.Poika sanoi Isälleen:luo sinä,minä lunastan.Hän näki ristin ja kärsimyksen.mitään ei oltu luotu.Jumala loi kaiken hyväksi.mistä tuli synti tähän maailmaan.lankeemus.sitä ei meille koskaan kerrota.

ihmisen salaisuus.ihminen on liha.en ymmärrä lihan salaisuutta.siinä on henki.Raamattu sanoo:"eipä ihminen paljon eläimestä poikkea."eläinkin on liha.siinäkin on henki.mutta eläimellä ei ole kuolematonta sielua.ei enkeliä.enkeli voi ottaa eläimen valtaansa.kuten käärmeen Paratiisissa ja Bileamin puhuvan aasin.

ihminen putoaa heikkoudessa siihen tilaan.että paljastaa sisällään olevan enkelin.se on heikkous.on eri asia.että esim. profeettojen kautta toimi enkeli.Jeesus sanoi Johannes Kastajaa enkeliksi.joka kävi hänen edellään.Johannes Kastaja oli ihminen.mutta ylienkeli Gabriel toimi hänen kauttaan.

ihmiset lankesivat.enkelit alkoivat antaa virka rooleja.se on väärin.ihmisen piti olla ihminen.ei enkelin.vaan ihmisen osassa ja opettama.enkeli ei voi antaa oikeasti valtaa.se ei voi antaa hallitsijan virkaa.ei esim. piispaa.Rooman piispan antoi Jumala Paavalin.ihmisen kautta.uskovaiset kuninkaat Raamatun aikana antoi Jumala profeetan kautta.

näette demokratian heikkouden.valtaa ei anna Jumala.vaan ihminen.kansa.saatana on kansanvillitsijä.on aina hallinnut kansaa.se syrjäytti itsevaltiaat.joita se syytti hirmuteoista.on totta.että oli langenneita hallitsijoita.syrjäyttäminen ja muodolliset hallitsijat olivat silti saatanan työ.Jumalan tahto on itsevaltias.jolla on virkamiehistö.hallitusmiehet.Jumala on aina ohjannut profeettojensa kautta niitä hallitsijoita.jotka ovat kuunnelleet Jumalaa.